소금밭의 기억

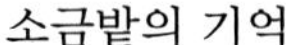

소금밭의 기억

ⓒ김중곤 Printed in Seoul

초판발행 2012년8월27일 지은이 김중곤 발행인 박영태 편집인 우현 디자
인 박은후,강주영 펴낸곳 파랑새미디어 등록번호 제313-2006-000085
호 주소 서울특별시 마포구 서교동 357-1서교프라자 318 전화 02-333-
8311 팩스 02-333-8326 메일 thebbm@korea.com 가격 7,000원
ISBN 978-89-93693-67-6 03810

소금밭의 기억

김중곤 시집

파랑새미디어

차례

2부 꽃 진 자리

나의 시는 내 어두운 영혼의 밤하늘에 쏘아올린 언어의 불꽃놀이

시인은 사물의 진실에 눈을 뜬 見者견자다. 사물의 이면에 감추어져 있는 실상實相을 바로 볼 수 있는 마음의 눈을 가진 자다. 그래서 시인은 자신이 경험하는 일상의 작은 것 하나에도 예리한 촉수를 들이대며 그 내면의 실상을 읽어내는 것이다. 이런 면에서 시인은 불행하게도 이 세상 사람들에게 제대로 이해되지 못할 존재일지 모른다.

'시인이 죽은 사회'에 이어 시가 죽어가는 시대에 시를 쓴다는 것은 그리고 시집을 낸다는 것은 어쩌면 시대착오적인 발상인지 모른다. 시를 쓰는 사람 외에는 시를 읽는 사람이 없다는 요즘, 갈수록 시가 대중들에게 더욱 외면 당하고 있는 것 같다. 그래서 그런지 서점에 가보면 시집코너는 외국어나 자기계발서, 재테크 서적 같은 실용서적과 베스터 셀러 같은 유행서에 밀려 한쪽 구석에 먼지를 뒤집어 쓴 채 방치된 지가 이미 오래다.

요즘 서구에서는 '시의 종언'이니 어쩌니 하는 말이 공공연히 들리고 시집을 발간해주는 출판사가 거의 없다는 흉흉한 소문까지 나도는 시대에 시는, 영상매체의 현란함에 마음을 뺏겨버린 일반대중들에게 시세계의 아름다움과 시의 현실적 유용성을 전달하기란 점자를 읽는 일 만큼이나 어려운 일이다. 더구나 중고등학교 시절, 입시로 억지로 배운 교과서 시 외에 시간을 내어 다양한 시를 접해보지 못한 독자들에게 시의 본령本領 같은 시의 깊숙하고 은밀한 곳으로 초대하기란 여간 어려운 일이 아닌 것이다.

시란 본래 그런 것이다. 그리고 한 편의 시를 읽지 않아도 관심을 가지지 않아도 사는 데 하나도 불편하지 않는 어쩌면 쓰잘떼기 없는 한낱 개인의 예술적 취향에 불과한지 모른다. 나부터도 한 편의 시를 읽지 않고도 몇 년을 보낸 적이 있다. 그만큼 시는 우리 가까이에 있으면서도 우리에게서 팔만 사천 리나 떨어져 있는 먼 별과 같이 느껴질 때가 있다. 신문 한 켠에 연재된 시 한 편을 제대로 읽어 낼 마음의 여유소차 우리는 잃어 버린 것일까.

시는 도대체 우리에게 무엇인가. 누구 말대로 국밥 한 그릇 값어치 보다 더 못한 시가 도대체 우리에게 무엇을 줄 수 있는가. 그리고 왜 나는 시를 쓰고 시집을 내는가. 그것도 요즘 사람들에게 골치 아픈 한문으로 된 偈頌게송과 함께 말이다. 더군다나 문단에 제대로 이름을 올린 시인도 아닌 주제에(비록 신춘문예 최종심사까지 가는 영광은 몇 번 있기는 했지만). 그래서 이 일은 어쩌면 글자 그대로 제 꼬라지도 모르는 놈의 주제 넘는 일인지 모른다.

사실 나는 지금 문청(문학청년)도 문창과(문예창작과)와도 아무 상관 없는 일개의 이름 없는 독자에 불과하다. 진짜 무식하면 용감해진다고 오직 무식 하나를 무기 삼아 시작한 일이니 이 점에 대해서는 독자들의 너그러운 이해를 바란다. 그러나 앞에서 말했듯이 시인은 사물의 실상을 볼 줄 아는 見者견자라는 의미에서 시인은 세속적인 文壇문단이라는 좁은 테두리를 벗어나 사물의 실상 곧 사물의 진실을, 사물의 내면을 들여다보고자 하는 모든 사람에게 적용되었으면 하는 바람이다.

그리하여 시인은 자기가 본 사물의 실상을 고도의 압축적인 언어로 드러낸다. 이런 의미에서 보면 시인은 언어의 연금술사 이전에 다분히 깨달음을 구하는 수도자와 비슷하다. 그래서 시인은 고도의 영감자靈感者 즉 사물을 영혼으로 느끼는 사람들인 것이다. 肉眼육안을 너머 靈眼영안으로 사물의 실상을 볼 수 있는 자들이 진정 살아있는 시인인 것이다. 그래서 시인은 깨친 자가 되어야 한다는 말이 나온 것이다. 실제로 많은 깨친 자들이 자신이 본 바를 시적 언어로 드러낸 것이 바로 이러한 이유인 것이다.

최고로 위대한 시인은 聖人성인들이다. 그들은 사물의 실상을 환하게 본 사람들이다. 그래서 그들의 언어는 시적으로 살아있으며 우리의 영혼을 직접적으로 자극한다. 비유로 가득 찬 성경을 읽어보라. 10만 게송(시)으로 이루어진 화엄경을 읽어보라, 상징으로 가득 찬 주역을 읽어보라. 81편의 도학시道學詩로 이루어진 도덕경을 읽어보라. 성인들의 말씀이 얼마나 시적으로 응축된 언어이며 그 언어로 우리의 눈을 트이게 하는지를. 그리고 사물의 실상을 환하게 보지 않고서는 그들이 그것을 그렇게 생생하게 시적 언어로 전할 수 없는 것이다. 그래서 성인은 사물의 실상을 본 최고의 見者견자이며 최고의 시인인 것이다. 그리고 이 시대의 진정한 시인들도 이러한 최고의 견자 즉 성인을 따르는 외로운 수도자가 되어야 하는 것이다.

2012. 여름

김중곤

제1부

소금밭의 기억

소금밭의 기억

바다를 가두어 햇빛에 말린다
가두어도 썩지 않는 조그마한 바다
스스로 조용히 安居에 들었다
한 때 자신 속을 헤엄쳐 가던
생각의 물고기떼 하얗게 지우고
지금은 뜨거운 햇빛만 바라보는
명상에 들었다
밤마다 굵은 소금 같은 별들이
꿈같이 내려와 앉고
낮이면 햇볕이 눈부시게 내리 쬐는
소금밭 근처 바다는 目下
밤낮 없는 용맹정진 중
가끔 소금기 짙은 바람이 몸을 뒤척이면
어렴풋이 드러나는 바다의 영혼
사금파리 같은 소금이 엉긴다
바다의 하얀 젖 같은 물소금들이
지금껏 바다를 푸르게 살아있게 했음을
눈으로 보여주는 소금밭

오늘도 내려쬐는 햇볕 아래
마지막 남은 영혼까지 쥐어 짜
하얀 사리 쏟아 낼 준비 여념이 없다.

구두 밑창을 갈면서

조금씩 조금씩 눈치 채지 못하게
내 구두 밑창은 닳았다
내가 다닌 길의 궤적과
내가 보낸 시간의 흔적으로 밑창은
내 삶의 걸음걸이만큼이나 삐딱해져 있었다
수선공 앞에 부끄럽게 내 놓은
오래 된 구두를 보며
몸 전체를 말없이 견뎠던
저 구두 밑창의 희생을 난 기억해낸다
닳아버린 밑창을 주저 없이 떼 내어버리고
새 밑창에 아교풀이 마르기를 기다리는 동안
난, 오랫동안 버티어온 내 삶의 밑창에도
한 가정을 온전히 떠받쳐온 신성함과
닳으면서 신음소리 한 번 크게 내지 않았던
인내의 고귀함이 묻어 있음을
비로소 깨닫는다.

빈 엽서

어느 날 무심코 펼쳐든 책갈피 속

꽃누루미 같이 오랫동안 숨겨왔던

빛바랜 첫사랑의 빈 엽서 한 장

그때 우리의 사연은 엽서처럼 자그마했고

엽서처럼 따뜻했고 또한 느렸었다

온기 묻은 손에서 다시 손으로 전해지던

우리의 사랑은 야근으로 단련된 家內手工業

스마트폰으로 문자가 날고

전자메일로 사연이 실시간으로 뜨는

지금의 디지털 사랑에 비하면

우린, 너무 구닥다리 같은 사랑을 했었다

희미한 흑백사진 같은 사랑을 했었다

그래도 아직 사랑의 그림자 남아있을까

오래 전 유효기간 지난 엽서 위에

잃어버린 이름 하나.

길 위에 놓인 신발

너는 늘 떠날 준비를 하고 있다
곧 어디론가 떠나는 자동차처럼
때론 강 건너는 나룻배처럼
어디든 떠나보자고 입을 벌리고 있다
신발끈을 동여매고 길을 나설 때 너는 행복하다
너는 네가 없을 때 가장 빛난다
너 없이는 세상 밖으로 한 발짝도 나갈 수 없음을
사람들이 알아줄 때 너는 행복하다
신발장에 잠들어 있는 많은 신발들이 아직
지나온 길들의 추억으로 뒤척일 때
너는 지나온 길에 연연하지 않고
오직 가야할 앞길에 대해서만 꿈 꿀 뿐이다
새로 걸어야 할 길의 무게를 가늠해 볼 뿐이다
길 떠나는 자의 길 위에 놓인 신발이여
부디 너는 길 떠나는 자의 힘이 되어다오
위안이 되어다오, 가장 부드러운 희망이 되어다오.

먼 산을 바라보며

먼 산을 바라보는 일은

먼 삶을 바라다보는 일이다

아직은 오지 않은 삶

구름 속에 山頂을 몰래 감추고 서있는

산의 은밀한 얼굴처럼

먼 산에는 아직 내가 가 보지 못한

또 하나의 삶이 숨어있다

산다는 것이 때론

산 너머 산 또는

미로 속의 미로를 헤매는 것처럼

가슴 답답한 일이지만

가는 길 일순 멈춰 서서

이마에 걸리는, 구름 속 먼 산을

명상하듯 바라보는 일은

얼마나 흐뭇하고 가슴 벅찬 일이냐

사랑이냐. 내 삶의 끝없는 산경표山徑表여.

산다는 말

산다는 말이 어쩌면

넘어야 할 산(山)이 많다(多)는

한자에서 온 말이 아닐까 하는 상상을 해본다

느긋한 식사를 끝마친 저녁

운동 삼아 산보하는 그런 운동장처럼

삶은 그저 평탄하지 않고

초장부터 팍팍한 山을

기어오르는 일인지 모른다

에베레스트의 여러 봉을 올라본 알파인들은

삶에 대해 이미 일가견을 가졌으리라

산다는 것은 가파른 산을 헉헉 넘어가야 한다는 것을

산다는 것은 심장이 멈추기 전까지

계속 산을 올라가야 한다는 것을

그들은 이미 깨달았으리라

산다는 말이 山多라는 의미로 읽혀지는 아침

나는 다소 느슨해진 삶의 끈을 다시 힘껏 동여매고

가슴까지 차오를 호흡을 가늠하며

오늘 오를 산을 향해

발걸음을 힘차게 옮겨보는 것이다.

참새들

도심 한 가운데
한 떼기 터만 있어도
참새를 쉽게 부를 수 있으리

빌딩 꼭대기 버려진 곳이라도
몇 톨의 씨앗만 놓아두면
그 앙증맞은 손님 부를 수 있으리

그대 마음의 삭막한 빈터
들깨 풀씨 같은
희망의 쌀알 몇 톨 뿌려 놓으면

머잖아, 그대 생각지 않은 때
고 귀엽고 깜찍한 참새떼 찾아와
재재발린 소리로 노래하고 있으리.

겨울 모기

웬만한 모기향으로도 쉽게 죽지 않는다, 요놈의 모기
시베리아의 툰드라에서도 열사의 사하라에서도
끝까지 살아남아 종족을 보존한다는 요놈의 모기
공룡의 피를 탐닉했던 중생대 모기는
호박琥珀 속 전설로 남아
영화 '쥬라기 공원'의 공룡으로 부활했다
모기는 곳곳에 살아있다, 죽지 않고
흡혈의 기쁨을 만끽하기 위해 살아가는
요놈들은 피의 자살특공대, 피의 광신도
힘센 사자도 이겼다는 요놈의 모기
쇠로 만든 소의 등짝도 일심一心의 정신력으로
빨대 꽂을 줄 안다
죽음을 무릅쓰고 꽂을 줄 안다
라고 쓰고 있는데 다시 귓가로 돌진하는
공습 사이렌 소리
앗, 따가, 또 물렸네. 요놈의 모기
철썩 내 귀싸대기 내가 때리고 있다.

옛 도루묵 막걸리 집

인생 말짱 도루묵 되지 않게 열심히 살아온 사람들만

도루묵 한 접시 앞에 놓고 막걸리 마셨습니다

퇴근길 곧장 들어가기 섭섭한 막노동 일꾼들도

놋그릇 막걸리 한 잔이면 하루의 피로

거짓말처럼 씻겨 내려가던 도루묵 막걸리 집

한 잔 한 잔씩 술잔 비워질 때마다

사는 게 그런 게 아니라고 조금씩 목청 높여가며

연탄난로처럼 얼굴 붉어지던 사람들

밖에 대기해 논 자전거도 기다림에 지쳐 쓰러지면

웃음 더욱 북적대던 잔치판 도루묵 막걸리 집

쇠 젓가락으로 놋그릇 땡땡 울려

한 잔 또 한 잔 기울이다보면

남루한 세상살이 몇 장의 연탄으로도 따뜻하게 달구어질

한 대의 낡은 난로에 불과한 것을

우리같이 바람막이 없이 사는 세상살이에도

가시 많은 도루묵에 술 한 잔 기울이면

낮은 곳으로만 찾아다녀야 하는 우리에겐

이곳이 마음 아늑해지는 고향의 간이역인 걸

밤 늦도록 인생이 노릇노릇하게 구워지던 도루묵 막걸
리 집

가난한 글쟁이, 그림쟁이, 먹물들도 우글대는 이곳에서

함부로 인생 훈수 뜨지 마라

수 십 년 도루묵만 굽던 그리운 도루묵 막걸리 집

수 십 년 인생살이 귀 기울여 온 옛 도루묵 막걸리 집.

아구찜을 먹다

아구는 아귀餓鬼스럽게 먹는 게 제 격이다
이렇게 못 생긴 놈을
우아하게 먹어보겠다는 것은
그 놈에 대한 일종의 결례다
monk fish, 중놈의 물고기
어쩌면 수도修道는 않고 밥만 축낸
식충食蟲이 중놈의 환생일지 모를
이 못 생긴 아구를
나는 하악근下顎筋이 뻐근하게
뼈째 아작 아작 씹는다
아가리와 배가 몹시 커
아귀餓鬼같이 생긴 흉측한 이놈이
얼큰한 양념 콩나물로
버얼겋게 찜 쪄져
명실 공히 마산을 대표하는
명물이 되었다
진해 꽃구경하다 지나가는 길
그 맛의 명성에 코가 꿰어

아구찜 앞에 앉아 본 것이다
못생겨도 맛이라는 淫談음담처럼
가시 많고 뼈 많은 그 놈을
소매 걷어 부치고 두 손으로
아가리 째 오도독 오도독 씹고 있으면
눈구경보다 입구경이 더 남는 게 많다고
입과 배가 불룩해진 아구가 되도록
아구啞口까지 아구를 가득 채워 넣는 것이다.

좌판 칼국수

북적대는 시장통로 한 모퉁이
좌판에 앉아 칼국수를 먹는다

아무데나 내놓은 덤핑 물건처럼
허름하고 오래된 시장 난전 칼국수

무엇이 그리 허기졌는지
모두들 허천난 듯 그릇째 마신다

좌판도 차지 못한 몇몇 사람들
의자 위에 올려놓고 그냥 먹는다

장바닥의 낮은 바닥에도 갈앉지 않는
아껴도 아껴도 가난한 살림살이

허전한 뱃 속
한 대접 따뜻한 칼국수로 채운다

아직도 이천오백 원 하는 시장표 좌판 칼국수.

웃기는 짬뽕

자갈을 집어 삼켜도 소화시킨다는 대학시절

학교 앞 장께이 집에서 짬뽕을 먹었다

얼큰한 국물에 쫄깃한 면발

이마에 땀 흘리며 먹고 있었다

국물을 들이키다 씹은 오징어

아무리 씹어도 씹히질 않는다

뱉어내 보니 납작한 담배필터!

짬뽕의 붉은 국물로

교묘하게 위장 된 담배필터

누가 피웠는지 담박에 짐작가는 담배필터

주방에 눈길 꽂으며 큰소리로

주방장 이리 나와, 하려다 머뭇거렸다

홀 안은 점심시간, 학생 손님으로

주인장도 음식 나르느라 정신이 없다

담배필터 씹은 나는 국물마저 마시고

벌레 씹은 표정으로 한참 앉아있었다

어떻게 발로 밟아 끈 담배필터가

짬뽕 속으로 숫 골 될 수 있었는지 지금도

요리 과정 모르는 나로선 불가해하다
주인장! 짬뽕에 담배필터가!
나 하나 생쑈로 이 집 간판 하루아침에
내리게 할 수 있을지도 모른다는 과대망상에
짬뽕 그릇에 담배필터 담아서
주인장에게 건내주었다
담배필터 든 짬뽕 잘 먹었노라고
그런데 어라, 팔뚝 문신 새긴 주인장
아무렇지도 않은 듯
돈만 받고, 씹다만 담배필터
그대로 휴지통에 슛 해버리는 게 아닌가
그리고는 큰 소리로 또 오세요?
짬뽕에 담배필터가! 해도
얼굴색 하나 변하지 않은 채
뭐든 다 넣을 수 있으니까 짬뽕이지 하는
당당한 태도로 나의 등을 밖으로 밀어내고 있었다
황당하게 담배필터와 겁을 짬뽕으로 먹은 나
졸지에 웃기는 짬뽕이 되어
씨발 개발 담배 하나 꼬나 물고
시간에 쫓겨 강의실 쪽으로
이미 소화되기 시작한 짬뽕 출렁이며
잰걸음으로 올라가고 있었다.

하하, 멸치

잔머리나 굴리는 멸치 대가리라고 놀리지 마라
작다고 너도 생선이냐 멸시하지 마라
바르르 성질 급한거야 힘 약한 어족魚族의 본성 아니
겠니
떼로 몰려다니며 물 속 가를 때
햇빛 받아 은빛 비늘 눈부시게 반짝였으리
날샌돌이처럼 생을 싱싱 노래 하였으리
그러다가 그만 어망 그물코에 머리 끄달려
졸지에 뜨거운 스팀에 푹 삶켜지고
햇빛으로 미이라로 바짝 말려졌을 때
된장국이나 우동 육수물에 잠시 몸 불렸다가
쓰레기통에 가차없이 버려지거나
대가리 떼인 체 값싼 술안주로 고추장 발릴 줄
바다의 용왕님인들 어찌 알았겠느냐
한번이라도 생선이라 불려보고 싶은 멸치의 꿈이
아직 비리고 간간한 소금기로 남아 있지만
누구도 멸치 속, 바다의 냄새를 읽어내진 못한다
멸치를 길러낸 바다를 기억해내지 못한다

고 작은 것 어디에 바다의 풍경이 숨어있겠느냐고
혀를 끌끌 차며 웃어 넘기겠지만.

바닷가 민박집

하룻밤 머문 화진포
바닷가 민박집
베갯머리까지 쫓아온
검은 파도소리에
몸을 물결처럼 뒤척인다
술병을 비워도 여전히
빈 병으로 남는 외로움
함부로 사람만
외롭다 하지 마라
바다도 외로워서
뭍으로 달려와 쓰러진다
지금 바깥은 어둠의
內壁내벽이 단단하고
사나운 水夫수부들의 꿈은
먼 바다를 건너고 있으리
붉은 등대처럼
잠들지 않으면 어떠랴
흰 이빨로 부서지는

파도소리에 귀 기울이며
대숲소리처럼 좀 쓸쓸하면 어떠랴
亂波난파의 바다를 건너는
불면의 시간들
밤하늘엔 잠들지 못한 별들
內港내항 깊숙이 들어와
창을 밝히는 夜景야경
곧 떠나야 할 쓸쓸한 영혼들은
오늘 쉽게 잠들지 못하리.

골목길 가로등

인적 드문 골목 한 켠
조용히 자기의 발등 비춰보고 있다
해지면 불 켜고 해 뜨면 불 끄는
평생 야간근무
끙, 소리 하나 내지 않았다
좁은 골목이 주 무대인 가난한 사람들
지친 발길 비춰주며
화려한 무대조명 꿈꾸지 않았다
어둑한 生의 뒷골목
뻣뻣한 전봇대에 조도照度 낮은 목을 내밀고
오랜 묵상으로 고요해진 이 곳
이젠 따뜻한 포옹이 그리운 젊은 연인과
이곳으로 스며들 가난한 이들을 위해
늙은 가로등, 마음이 따뜻해 질 때까지
금빛 축복 뿌려주고 있었다.

필카(필름 카메라)

한물 간 필카라고 깔보지 마라
전 자동의 디지털 카메라(디카)여
낡은 필카는 클래식 카메라
디카의 편리함 너머 옛 방식의
아련한 무엇이 숨어있는 구식 카메라
수동으로 필름을 갈아 끼우고
이리 저리 조리개를 맞추어
한 장 한 장 정성들여 필름을 넘겨가며
숨죽여 찰칵하면, 사진기의 심장소리가
귀에 선명하게 들려오는
구시대의 유물 같은 필름 카메라여,
시대가 변했으니 생각도 바뀌는 법
디카가 나온 뒤 필카는 장롱 속 깊이 숨어들거나
고물 장수 손으로 헐값으로 넘어갔다
그러나 장롱표 필카는 죽지 않았다
세상은 여전히 돌고 돌듯이
계절은 가고 다시 돌아오듯이
필름 메니아들은 필카의 따뜻함을 잊지 않았다
디지털을 받아들이고도

아나로그도 버리지 않았다
칼라와 흑백이 동행하였다
어떤 땐 흑백의 필카가 더 인간적이었다
씨디나 엠피쓰리를 두고도 여전히 엘피판을 고집하
는
고전 메니아처럼 함부로 버리지 말아야 할
너무나 인간적인 것들이 아직 남아있는 것이다.

우리 징소리

헝겊 감은 채북으로 우리 징 울려본다
지잉, 하고 가슴 울리는 것이 있다
딱히 꼬집어 말할 순 없지만
어머니 눈물혼 같은 것이라든가
두고 온 고향의 오랜 추억 같은
징한 무엇이 있다
이어질 듯 끊어질 듯
길게 이어지는 맥놀이 여운은
말할 듯 말할 듯 끝내 말 못하는
아쉬움 같은 것이 있다
우리를 징징 감는 여운이 있다
그리움 뒤에 남는 눈물이 있다
오늘도, 잊혀진 우리의 소리가 되어
자꾸 멀리 퍼져가고 싶은
방짜 유기 박물관의 우리 징소리.

2부

꽃 진 자리

불알을 갈아 끼우며

목숨을 다한 알전구를 갈아 끼우다
알전구를 北에서는 불알이라고 부른다는
우스개 소리가 얼핏 생각났다
정말로 그렇게 부르는지, 안 가봐서 모르겠지만
알전구와 불알, 불알과 알전구 중
어느 말이 더 주체적인 우리 것인지 끼우면서 생각해
본다
일순, 알전구보다 불알이란 말에 무게 중심이 기우뚱
한다
알전구라는 말은 본래 둥근 알이라는 우리말에
전구라는 일본식 한자를 덧붙인 것
반면, 불알은 불과 알, 둘 다 순 우리말이다
불알의 압승이다
생김새도 남자의 그것과 비슷하지 않은가
열熱 남은 알전구를 만져보면 따뜻한 것까지 닮았다
삑삑 소리나게 알전구를 갈아 끼우며 나는,
전기 부족한 北쪽 여자들의 불알 끼우는 모습과
南쪽 아줌마들이 알전구 갈아 끼우는 모습이

조금도 다르지 않다고 생각는다

컴컴한 어둠 속에서 불알을 잡고 끼우고 있는 저쪽
여자와

알전구를 조심스레 갈아 끼우고 있는 이쪽 여자 중

어느 쪽이 더 해방이 잘 되어 가는지 그것도 궁금타

통일이 되면 저절로 알게 될 일, 잠시 뒤로 미루고

말부터 먼저 통일 시켜보자는 의도하에서 말하자면

일제의 잔재가 묻어 있는 알전구보다

듣는 순간 얼굴이 불켜진 사과처럼 불콰해지는 그런

불알이란 말이 더 정겨워지는 것은 어쩔 수 없다.

터키쉬 앙골라 고양이

세상에 요렇게 본성이 깨끗한 놈도 다 있구나
천사의 날개처럼 털이 백설 같은 터키산 앙골라 고양이
앙고라처럼 털이 많고 부드러운 터키산 앙골라 고양이
내 동생 집에 가면 동생보다 먼저 나를 반겨주는 고양이
움직이는 것만 보면 용수철처럼 튀어나가 뒹구는
보석같이 맑은 눈을 가진 장난꾸러기
말랑말랑한 분홍색 발바닥 정말 부드러워
소리 없이 저 몽상의 바다도 건너 갈 수 있겠다
두 귀 쫑긋 세우고 도도하게 돌아다니는
너는 도대체 어느 나라의 고귀한 백작이었더냐
무릎 위에 올려놓고 기름 좔좔 흐르는 등 쓰다듬을 때
가르릉거리며 꿈꾸는 너의 잠의 세계는
분명 터키의 어느 부호 카펫 위이리라
살아있는 것들을 놀래키는 발톱과 날카로운 울음소린
여전히 앙큼한 야성으로 남아있어
더더욱 사랑받게 되었는지 모를 일
사람의 감정까지 읽는 듯한 너의 묘한 표정은
흰털처럼 맑은 너의 영혼 때문인지

야성과 순수가 조화된 너를 보면
나도 한번 너를 키워보고 싶구나
키워서 너와 情分이라도 나고 싶구나
귀여운 나의 터키쉬 앙골라 고양이야, 터키쉬 앙골라
고양이야 .

낙타의 꿈

아직 꿈을 버리지 못했다
누가 날 이 먼 곳으로 유배 시켰는지
내 죄목이 궁금하다

하루라도 사막을 밟지 않으면
하루라도 모래를 씹지 않으면
나는 절망하는 아라비아의 낙타

날 고향으로 돌려 보내다오
어떤 문명도 폐허가 되는 땅
신기루 환상처럼 피어나는 땅으로

모래바다를 걸어가보고 싶다
그 곳에 날 방목放牧 시켜다오
그 곳을 제대로 한 번 밟아보고 싶다

아직 동물원에 갇혀
먼 하늘만 바라보는 낙타의 속눈썹.

개밥바라기별*이 되어

그대를 가장 먼저 그리워하기 위해
초저녁별이 되어 서성 거렸습니다

그대를 가장 늦게 잊어버리기 위하여
새벽별이 되어 서성 거렸습니다

초저녁부터 새벽녘까지
가장 먼저 나와
가장 늦게 사라지는 개밥바라기 별

그런 개밥바라기별이 되어 서성 거렸습니다
초저녁부터 새벽녘까지

가장 오래 지워지지 않는
눈물 글썽이는 별, 개밥바라기 별.

*개밥바라기별: 저녁에 뜨는 金星(초저녁별)의 순 우리말. 새벽에 뜨는
샛별(밤과 아침의 사잇별) 즉 새벽별과 동일한 별.

칠월 칠석

견우와 직녀가 일 년에 한번
사랑으로 만난다는 칠월 칠석날

아무도 몰래 그대 만나려
기쁜 마음 앞세우고 나가더랬지요

그대가 그리움 옷 짜는 직녀 아니더래도
내가 사랑의 소 키우는 견우 아니더래도

까막까치 은하로 솟구쳐 날아
오작교 말없이 수놓는 밤

가슴 졸여 그대를 기다리고 있으면
어디선가 그댈 만날 것 같아

가로등 밑 밤늦도록 서성거렸더랬지요.

잘못된 종점

반대편 종점으로 달려가는 막차를 집어타고
나는 느긋하게 눈을 감고 있었다
내 사랑도 그렇게 달려가고 있었다
버스가 반대 방향의 정류장에 설 때마다
사랑이 거꾸로 가고 있음을 직감했어야만 했다
잘못 탄 버스와 잘못한 사랑은
일찌감치 다시 갈아타야 하는데
이것이 아닌데 이것이 아닌데 하면서
내리지도 못한 채 마지막 종점까지 갔을 때 그곳은
택시 하나 들어오지 않는 도시의 변두리
겨울 허허벌판이었다.

입영의 플래트홈

타고 있는 내가 떠나는 게 아냐
타지 않고 남은 네가 떠나는 거야

떠날 자는 남고
남아 슬퍼하는 너는 떠나

다시는 돌아오지 않을

여기는, 호각소리 무심한
입영의 플래트홈.

목련꽃, 지다

먼 새소리에 목련이 피었다가
지나가는 구름에 목련이 지고 있다
느닷없이 공중에
새를 보여주고 사라지는
마술사의 손처럼
목련도 그렇게 피었다 사라진다
幻影환영처럼 사라지는 저
녹 쓴 목련의 최후는 쓸쓸하다
사월이 오기 전
눈부신 계절의
노래가 불리기도 전
목련은 스스로 목을 꺾고 있다
한 때의 사랑이
목련으로 지고 있는 것이다
한 번도 사랑했었노라고
고백하지 못한 사랑이
오늘은 이렇게 서늘하게
목련으로 지고 있는 것이다

너무 이른 이별이
뚝뚝 지고 있는 것이다.

4월이 가면

후두둑 후두둑 목련꽃 지고
유채꽃 씨방 부푸는 4월이 가면 앞산
피 같은 진달래도 붉게 마구 지겠지
꽃대궁 실없이 건들며 가던 바람
보리밭 일렁이며 푸른물도 들겠지
가슴에 만발하던 4월의 꽃들아
지는 놈은 지고 남는 놈은 남아
눈치 없는 봄볕에 눈이 부시게
속수무책 그리도 꽃을 피우나
4월은 붉은 꽃의 함성 아직 들리고
나는 그리워할 무엇이 있어
라일락 향기로운 편지를 쓰랴
한순간에 지고만 배반의 꽃들아
너희들로 해서 4월은 아름다웠나니
죽은 꽃의 넋들이 나비가 되어 5월로
5월로 넘어가는 것을 나는 지금 보고 있나니.

옥상에 봄을 심다

두 해 넘게 놀려둔 옥상 텃밭
오랜 묵정밭보다 더 서럽습니다
버림받은 사람의 빈 마음처럼 황량합니다
삐쩍 마른 겨울 잡풀들과
하찮게 함부로 웃자라
뽑아내지 못한 잡념들을
걷어내고 자르느라 땀이 납니다
이것도 손바닥 위 농사라고
텃밭 하나 일구면서 짐짓
엄살이 이리 심한 것은 참으로
오랜 만에 흙을 만져보는 까닭입니다
무엇을 심을까 무슨 씨를 뿌리면 좋을까
나는 뿌리에 엉킨 흙들을 탁탁 털어냅니다
내가 아픈 동안 이 텃밭도
끙끙 속앓이를 하였을 것입니다
갈수록 거칠어가는 자신의 몸을
내내 걱정도 하였을 것입니다
멋대로 잡초들이 꽃을 피울 때마다

아무도 돌보지 않는
날들을 서러워했을 것입니다
옥상까지 바케스로 물을 져나르며
자신의 몸을 시원하게 적셔주던
주인을 내내 그리워했을지도 모릅니다,
지금 나는 텃밭의 땅을 새로 갈아엎으며
봄의 따뜻한 기운을 불어넣고 있습니다
건강하게 튼실하게 봄을 한번 겁나게
키워보자고 흙 겨드랑이에
손 집어넣으며 두어 시간
텃밭과 봄 장난하고 있습니다.

민들레

세상 낮은 곳마다 내(川)가 흐르고

세상 낮은 곳마다 민들레 핀다

아무리 척박한 버려진 땅이라도

꽃 피워내고 벌 불러 노래 할 줄 안다

밟혀도 밟혀도 다시 시작하는 봄처럼

꺾여도 뽑혀도 다시 피는 작은 꽃

전장의 포성 속에서도

꽃 피워내던 우리 꽃

불면 날아갈듯 하얀 웃음으로

가을 홀씨 만들어

남북 가리지 않고 피어나는

인정 많은 우리 꽃

지금도 버려진 공터 여기저기

노랗게 피어있다.

제비꽃을 위하여

그냥 지나칠 뻔 했어요
꽃샘바람에 입술 파랗게
떨고 있던 제비꽃잎을
봄나물 캐러간 어머니
고향에서 나는 보았지요
논 옆 노란 민들레
피란避亂 때 보았다는 그 오랑캐꽃이
늘 다시 또 그 자리
피고 있었다지요
잊는다 한 잎, 못 잊는다 한 잎
험한 세월이 피었다져도
삼월 삼짓
강남 갔던 제비만 기다렸다는
시름 많던 앉은뱅이 우리 제비꽃
어머니 일생이 피었다지요
잊혀지지 않는 한 생이 피었다지요.

나팔꽃에게

나팔꽃이 나팔을 불 듯 피었다
아침마다 피는 너의 나팔은
누구를 향한 그리운 몸짓이냐
허공을 짚고 올라간 덩굴손
누구를 향한 힘찬 희망이냐
끝을 향한 바지랑대의 길
밤새 친친 감아올려
연분홍빛 영혼을 피워 올렸다

아침마다 혼신의 힘으로
나팔을 불고 있는
8월의 나팔꽃아
또다시 꽃필 바람을 불러 주랴
벌 나비를 불러 주랴
온 종일 불어도 들리지 않는
너의 나팔소리
허부한 사랑*은
끝내 목이 쉬었다.

*나팔꽃의 꽃말 – 허무한 사랑

겨울 개나리

제철도 아닌 겨울비에
계절도 구분 못한 겨울 개나리
노란 종 같은 꽃잎 입에 물고
세상 밖을 나왔다
철딱서니 하나 없는 저 철부지
아침저녁 찬바람이 안스럽다
세상이 하수상하여
꽃이 길을 잃은 건지
꽃이 하수상하여
세상이 길을 잃은 건지
계절을 잘못 읽은 실수 하나로
너무 일찍 험한 세상 알아버렸다
꽃도 때가 있는 법인데
낯선 계절에 길 잃은 겨울 개나리
아까운 한 생을 잃어 버렸다.

지는 꽃을 위하여

生이 이렇게 쉽게 무너지다니
바람이 잠시 머문 자리처럼
쉽게 지워지고 아무것도 남지 않았다
꽃이 저문 자리 어디에도 꽃은 없다
생의 이면으로 통하는 거뭇한 길
꽃은 어디로 흘러가 버렸는가
해시계도 더 이상 시간의 긴 그림자를 세우지 않는다
꽃을 지워버린 세상은 적막하다
꽃이 지고 난 뒤 버려진 꽃의 그림자
중심을 잃어버린 원처럼 사라져 버렸다
모든 것을 삼켜 버린 생의 불랙홀
나는 지금 그대의 흔적이나 더듬는
꽃의 기지국으로 남았다

꽃 피는 계절에도 이렇게 지는 꽃이 있다.

꽃 진 자리

꽃 진자리마다
상처투성이다
세찬 바람 불고
비 내리더니
담벼락 아래 각혈처럼
떨어진 무수한 꽃잎
스스로 몸이 달아
피고 지는
붉은 장미들
꽃 진자리마다
흉터 투성이다
푸른 잎새에서
붉게 떨어지는 꽃이파리
바람에 결별한
진한 사랑이다.

꽃돌 花文石

지지 않는 꽃이란 세상엔 없다

꽃이 아름다운 것은, 피었다

한 순간에 지기 때문이다

하지만 나는 그런 너를 사랑 하겠다

너를 사랑하여

내 마음의 돌판에 새겨 넣겠다

한 번 피면 다시 지지 않는

그런 너를 새겨 넣겠다

돌꽃 같은 너의 이름 새겨 넣겠다.

3부

바람의 경전을 읽다

童仙 동선
– 어린이 날을 위하여

오늘은 어른이 어린이로 거듭나는 날
천진한 마음으로 어린이에게 크게 한 수 배우는 날
가슴에 때 묻지 않은 하늘과
영혼에 일곱 무지개를 간직한
너희들은 세상의 어른들이다
지금껏 잘못 살아온 우리들이
우리들의 잣대대로
너희들을 가르치려 한 것을
부디 용서하라
오월처럼 푸르른 신록들아
꽃처럼 피어난 고운 웃음들아
너희 눈에는 거짓이 없고
너희 입에는 사특함이 없는
날개 없는 천사들아
나이 어린 신선들아
세상은 너희들로 해서 아름답다
꽃등燈처럼 핀 너희 얼굴

어찌 오늘 하루뿐이어야겠는가
죄 없는 너희를 죄 있는 우리가
모시고 보듬어야 하는 일이
어찌 오늘 하루뿐이어야겠는가
이 귀엽고 예쁜 이 땅의
모든 어린이들아, 푸르른 희망들아
사랑스런 꿈나무들아.

빈 놀이터

아파트 옆

빈 놀이터

아이들은 없고

햇빛만 심심하게

놀고 있습니다

지나가는 바람이 슬쩍

그네를 밀어봅니다

녹슨 그네 소리

햇빛이 활달짝

눈빛 반짝이며

듣고 있습니다.

별을 추억함

아무 것도 아니듯
별은 빛났다
나는 어둠 속에 살았으므로
누군가가 그리우면 별을 보았다
서로가 다가갈 수 없을 때
별이 되는 것을 보았다
서로가 이별할 때 별은 떨어졌다
더 이상 그리움을 견디지 못한 별은
떨어지면서 한 획의 긴 여운을 남겼다
하늘에 뿌려 놓은 굵은 소금밭
그 아름다움을 보기 위해 난
어둠 속에서 더 외로워져야만 했다
눈물처럼 빛나는 별도 있었다
사랑이 깊어 우는 별이었다
그런 별들은 오랫동안 어둠 속에서
지워지지 않았다.

별에 이르기 위해

별에 이르기 위해, 우리는
우리 영혼의 가장 아름다운 부분까지도
기꺼이 내어줄 줄 알아야 한다

우리가 사랑하는 별
우리가 가 닿아야 할 별
그 별에 이르는 길은 너무나 멀고
그 별에 이르는 길은 너무나 좁다

어두운 밤, 질척한 삶의 길 위에
별을 바라다보고 서 있는
그대의 뒷모습은 진정 아름답다

별을 위하여, 별에 이르기 위하여
우리는 숱한 어둠의 터널도 지나가 보아야 한다
돌부리에 걸려 넘어지는 아픔의 시간도 걸어가 보아
야 한다

끝내는, 우리 목숨의 가장 아름다운 부분까지도
기꺼이 내어놓을 줄 알아야 한다
우리가 사랑하는 별에 이르기 위하여는
우리가 가 닿아야 할 별에 이르기 위하여는.

구르는 돌

누가 우리의 상처 많은
육신을 기억해줄 것인가
아무도 기다리지 않는
내일의 절망을 위해
우리는 마지막 집을 짓는다
대낮에도 황사처럼 날아드는
황망한 꿈의 모래바람
길모퉁이마다 서성이는 어둠
다시 돌아누운 자의
외로운 그림자를 지운다
끝내 이르지 못한
쓸쓸한 생의 이정표
낡은 기억의 편린들이
생각의 모래 위에 수북이 쌓인다
아무도 흔적을 지우며 가는 자는 없다
지워지지 않는 흔적은
지워지지 않은 채로 남기를
돌이킬 수 없는 삶

돌아갈 수 없는 길의
무수한 변주들이 낯설다
한번 구르던 돌이 다시
멈추어 구르는 사이.

내 영혼의 블랙박스

내 영혼의 어디 쯤
내 삶의 행로가 탑재된
블랙박스
숨겨져 있을지 모른다

나의 숨은 숨소리 하나까지
기록된 생의 테이프
도저히 부인할 수 없는
나의 기록들이
저장되어 있는 영혼의 블랙박스

정말 무서운 일이다

저 세상으로 불시착하는 날
그것만이 나를 증거해 줄 것이다
그것만이 나를 판독해 줄 것이다

어디에 있는가
내 영혼의 검은 상자여.

간이역에서

잘 가라 추억이여
더 이상 사랑은 머물지 않는다
한 때 빛나던 청춘의 기억들은
쏜 살 같이 달아나는
급행열차의 꽁무니다
아쉬운 이별의 정情도
목 쉰 기적소리도 없이
늙어가는 쓸쓸한 간이역이다
오지 않는 기차를
기다리지 마라
버려진 무개차無蓋車 위에
달빛이 한 치나 세 치 내려쌓여도
오지 않는 기차는 기어이 오지 않는다
지나온 청춘의 역사驛舍에서
다시 손 흔들 미련은 없다
떠난 기차를 그리워하지 마라
떠난 사람을 슬퍼하지 마라
누구에게나 다시 오지 않는
기차는 있는 법이다.

낯선 밤

잠이 달아난 세 시
밤이 불립문자不立文字처럼 낯설다
아직 창가엔 어둠이 걸리고
다시 눈 감고 떠보아도
별 하나 보이지 않는다
마음은 어둠처럼 먹먹하고
쉬 오지 않는 새벽
나는 잊지 못할 이름 하나 불렀던가
밤을 지새운 가로등처럼
생각의 불빛은 꺼지지 않고
잠이 끊어진 시간들이 무료하다
새벽까지 무릎으로 기어가는 시간
낯선 생각이 만든 낯선 밤
지구 반대편에서는 지금
훤한 대낮을 걸어가는 당신
어둠은 내 생의 배경이다
낯선 곳도 아닌 이곳
지금 나는 왜 이리 내가 낯선가
나는 왜 이리 내가 낯선가.

바람의 경전을 읽다

내가 아직 꽃을 달지 않은
한 그루 나무 그림자로 서 있을 때
계절마다 알 수 없는
바람이 불어왔다
불때마다 내 그림자는 흔들렸고
귀를 막아도 들려오던 바람소리에
심한 이명耳鳴을 앓기도 했다
보려 해도 보이지 않는 바람의 행로行路
잡으려 해도 잡히지 않는 바람의 육신
바람은 내 젊은 날의 경전이었다
바람에 묻어오던 비밀한 문자들
눈 먼 손으로 더듬어가던 숱한 미로의 날들
바람은 늘 말없는 말씀이었다
얼굴 없는 가르침이었다
이천 년 전 삼천 년 전 불던 그 바람이
지금도 내 나무 그림자를 흔들며
생의 먼 풍경소리를 남긴다.

독도를 위하여

너는 동해의 한 점 보석
반도의 젖줄을 먹고 자란
우리의 피붙이

누가 벌건 백주대낮에
자꾸 너를 노리는가
누가 자꾸 너를 흔드는가

아무리 모진 파도 쳐도
눈 감지 않았다
외면하지 않았다

포기할 수 없는 민족의 목숨이기에
피같이 끓어올라
시퍼렇게 부릅떴다, 우리의 혼魂
독도.

황사가 몰려온다

중국의 타클라마칼 사막이나 고비사막

봄철 해토解土가 시작되면 황사가 몰려온다

거대한 황룡黃龍처럼 대명천하하던

그 힘센 기세로 한반도로 날아든다

조공을 바리바리 싸서 가던 그 치욕의 길 위로

이맛살 찌푸린 황사가 날아온다, 황사가 밀려온다

누른 구름떼로 몰려오는 인해전술 같은 황사

새카맣게 붙어 오는 모래 속 공해 물질

속으로 원망하며 속만 상한 우리

황사에 몸 움추려들지 말고

황사 마스크에 단단히 입마개하고

밤마다 세력 키워가는 사막의 누른 속셈

황사의 검은 속내

밤 새워 눈 부릅뜨고 지켜보아야 한다

황사가 날아온다, 황사가 몰려온다

개 같은 동북공정 황사가 몰려온다.

FTA의 밥

−쌀 농사

밥은 우리의 목숨이다

밥 힘 하나로 오천년을 버텨 온 우리다

세상이 아무리 바뀌어도 밥은 우리의 힘

밥맛 나는 세상이 살 맛 나는 세상

목구멍 풀칠하던 때도 있었지만

남의 밥그릇 넘본 적 없다, 한번도

똥개도 자기 밥그릇 지키려 으르릉 거린다

남의 밥그릇 함부로 넘보지 마라, FTA여!

우리는 너희 밥이 아니다

우리는 너희 식민지가 아니다

너희 웃음 뒤에 감추어진 비수

마지막 밥마저 뺏으려는 너희 음모는

우리의 목줄을 노리는 날 선 이빨이다

우리의 밥그릇에 눈물 흘리게 하지 마라

우리의 밥그릇이 빈다는 것은

우리의 목숨이, 우리의 희망이 빈다는 것이다

우리의 모든 힘은 밥에서 나온다

밥은 우리의 목숨이다
우리의 목숨까지 노리는 너희들은 누구인가.

원산지 표시

제대로 표시 좀 해다오
멋대로 국적 바꾸는 호로자식들
버젓이 신토불이 행세를 한다
너 중국놈이지
너 일본놈이지
너 미국놈이지
속은 달라도
겉이 똑 같아
구별이 안가는
진짜 가짜들
조선 500년을 뗀놈으로
일제 36년을 쪽바리로
해방 육십년을 양키로
발 빠르게 몸 바꾸치기 한
이 못된 개버릇
나를 팔아 남을 사는
나를 팔아 남 섬기는
껍데기 국산들

오늘도 제 잘 났다고 큰소리 치며
세상 주무를 출세를 한다.

샌드백을 위하여

남을 치지 않으면
남을 쓰러뜨리지 않으면
살 수 없는 세상이라 말하지 마라

나는 언제나 맞을 각오가 되어 있는 샌드백
때리면 때리는 대로 차면 차는 대로
온 몸으로 견뎠다

욕설이, 터진 입 속 피처럼 고이고
증오가 머리 끝까지 쳐받쳐 올라도 나는
얼굴 몇 번 구기고는 다시 펴는 샌드백

종내 분노의 주먹이 되지 못한다고
끝내 혁명의 총구가 되지 못한다고
무력한 놈이라 비웃지 마라

터지면서 깨지면서 이 험한 세상
이제껏 한번도 드러누운 적 없다
한 방울 모래눈물조차 흘린 적 없다.

오독誤讀의 눈

사람을 사랑으로 읽는다
오독誤讀이 오독娛讀이 된다
나의 눈이 맑아졌다는 것이다

우물을 우울로 읽는다
오독誤讀이 오독汚讀이 된다
나의 눈이 탁해졌다는 것이다

ㅁ미음과 ㅇ이응을 오독하는 눈
하늘이 맑았다 흐려졌다 하고 있다.

응, 應

응이란 글자를 보고 있으면 참 신기하다
아래 위가 O으로 서로 응하고 있다
하늘의 O과 땅의 O이
그대의 O과 나의 O이 서로 응하는 부호문자, 응
소리 내보면 마음을 울리는 주문呪文같다

응, 그렇지. 고개가 끄덕여진다.

거룩한 生
—머리 잘린 불상(headless Buddha)을 위하여

머리가 없었으면 할 때가 있다
생각이 많을수록
생은 더욱 꼬여가는 법이다

마음에 생긴 대부분의 病
용량보다 과부하 걸린
생각 때문에 생긴 것들이다

생각을 없애버린
저 머리 자른 佛像들
그것 하나만으로도
그들은 이미 해탈한 것이다.

제4부

玄中曲

本源相 본래 모습

充滿智慧本源相　지혜가 충만한 우리의 실상實相이여
古今往來一體無　옛과 지금, 오고 감이 하나도 없네
常露光明活潑潑　항상 광명을 활달하게 뿜어내니
神變自在亦如是　신통변화의 자재함도 또 이와 같네.

眞學人 진정한 공부인

誰人以爲眞學人	어떤 사람이 진정한 공부인功夫人인가
正覺心珠無事人	마음의 보배를 깨달아 한가해진 사람이네
宅以蔽雨能爲安	집은 비를 가림으로 평안을 삼고
食以避飢亦知足	음식은 주림을 피하면 족할 줄 아네.

眞活物 참으로 살아있는 물건

自家屋裏眞活物	우리 안에 참으로 살아있는 물건이여
神妙自在最靈身	신통하고 묘함 갖춘 가장 신령한 몸이네
諸方功夫第一綱	모든 공부의 가장 중요한 강령綱領(핵심)으로
昨今幾人得此物	지금까지 몇 사람 이 물건 체득했다는고.

生命門 생명의 문

俗漢功名不至處	세속의 공명으로도 이르지 못하는 곳
神性佛性本然性	신령한 성품이며 깨달은 자의 성품이며 본래의 성품이라
但具明眼能透看	눈 밝은 자만이 능히 꿰뚫어볼 수 있는
諸聖垂敎永生門	모든 성인들이 가르치신 영생의 문.

心月 마음 달

無波水面月印照	파도 없는 물 위에 둥근 달 비치니
圓滿寂耀的的知	고요한 달빛 분명히 알겠네
我心明月何處尋	우리네 마음 달은 어디서 찾는가
玉燈秋夜望月臺	달빛(玉燈) 걸린 가을 망월대(望月臺)라네.

是十麼 이 뭐꼬

八萬四千在其中　　팔만사천 법문도 이 가운데 있고
十方寶物含藏處　　세상 모든 보물도 다 감춰져 있는 곳
諸聖默傳唯一法　　모든 성인이 몰래 전한 유일한 법이
圓相一顆常歷歷　　원상(圓相) 하나에 항상 역력하네.

道業 진리의 일

格外道人一隻眼	격밖에 있는 도인의 안목은
一粒芥裏見天幾	한 알의 겨자에서 하늘의 기미를 보는 것
俗漢短見莫測量	세속인의 짧은 견해로 함부로 헤아리지 마라
但有實參得徹見	다만 실지로 참여해서 깨달아 볼 일이다.

釣月 달을 낚다

心池邊上垂長竿　　마음못 가에 긴 장대 드리우고
夜獨長坐釣明月　　늦도록 달 낚으려 하염없이 앉아있네
無風湛然水波定　　바람이 잠잠해져 물결 없으니
空中圓明如銀子　　하늘의 둥근 달이 은화같이 뚜렷하다.

一喝 한 소리

目前萬像皆是道	눈 앞에 보는 것 그대로가 다 道요
耳邊騷音本來法	귓가에 들리는 소리 그대로가 다 法이다
見聞以外有覺知	보고 듣는 것 외에 달리 깨달을 것이 있다면
不開耳目風塵客	아직 눈 귀 제대로 못 뜬 사람이리.

禪理 禪의 이치

一言一動出世間	한마디의 말, 하나의 행동으로 세속을 벗어나게 하니
石火電光裂漆黑	전광석화가 칠흑 어둠을 찢음이여
識者有患作啞子	배운 자들도 벙어리가 됨이니
泥牛棒喝盡聖解	진흙소와 방(棒) 할(喝)로 성인의 견해를 다 했다.

前三三後三三　前後가 동일하다

覺前覺後何爲別	깨닫기 전과 깨달은 후가 무엇이 다른가
日出於東沒於西	해는 동쪽에서 떠서 서쪽으로 지고
山是山而水是水	산은 산이고 물은 물일 뿐
此外境界皆邪道	이외 다른 경계는 모두 삿된 도리라 하리.

明眼宗師 눈 밝은 스승

不覺明了皆是盲　확실하게 깨치지 못하면 모두가 소경
　　　　　　　　이라
鐵壁暗頭誰之咎　철벽같은 어둠은 누구의 잘못인가
日用不知妙覺處　날마다 쓰면서도 모르는 묘한 곳이여
直下垂示見手指　곧바로 가르쳐도 손가락만 보는구나.

無門關 道의 관문

天下至樂在於道	천하의 지극한 즐거움은 道(진리)에 있다
若君能見有爲法	만일 그대가 세상의 有爲法을
如爐之上翩翩雪	화로 위 눈 같이 볼 수 있다면
君已透過無門關	그대는 이미 無門(道)의 관문을 넘은 것이다.

本來面目 본래 모습

此身到底如何在　　이 몸은 대체 어떻게 존재하나

四大因緣以爲身　　사대(地水火風)가 인연해서 이루어졌네

了得猶如雲聚散　　마치 모였다 흩어지는 구름 같다 사무치게 안다면

對面父母未生前　　부모에게 나기 전의 모습 대면케 되리.

火中蓮 불 속의 연꽃—드문 깨달음

以言不傳妙覺處	말로 전할 수 없는 깨달음의 경지는
世聰辯才絆脚石	세상 총명과 말솜씨도 걸림돌일 뿐이다
雖君通達八萬經	비록 그대가 팔만사천 경전을 통달했다 해도
若無自得無所用	스스로 증득함이 없으면 아무 소용이 없다.

劫外消息 겁 밖의 소식

人能獨居有喜樂	사람에겐 혼자서도 즐길만한 것이 있으니
自家寶藏無窮身	자신의 집에 보물같이 감추어진 영원한 몸이라
不出門外知天機	문 밖을 나가지 않아도 천기(하늘의 조화)를 알고
妙用神通亦難測	신통하고 묘한 작용도 이루 헤아리기 어렵네.

話頭 화두

知卽容易如飮水　　알면 물 마시는 것만큼 쉽고

不知最難若摘星　　모르면 별을 따는 것만큼 어렵다

禪僧公案亦如此　　선문禪門의 화두話頭도 이와 같으니

但只分別放下着　　다만 분별하는 그 마음만 내려놓아

　　　　　　　　　라.

人中有天 사람 속 하늘

人人之中有靈寶	사람 사람마다 신령스런 보배가 있으니
不可思義如意珠	불가사의한 여의주라
人須不知亦不見	비록 사람들이 알지도 보지도 못하나
如如不動光炯炯	억겁토록 변치않고 형형하게 빛나네.

福中福 최상의 복

各人本來具圓性	각각 사람마다 본래 완전한 성품을 갖추고 있다
此是最上無量福	이것이 최상의 한량없는 복이다
天賜已經未生前	태어나기 전, 이미 하늘이 주었건만
尚不自覺蒙昧眼	오히려 자기 눈 어둔 것을 깨닫지 못한다.

不名 이름 할 수 없다

不可言傳不能受   전할 수 없으니 받을 수 없고

不得畫狀不可見   모양할 수가 없으니 볼 수가 없다

如空無碍明明了   허공처럼 어디에도 걸림 없는, 분명
하고 분명한

誰敢作名無一物   무일물無一物을 누가 감히 이름 지을
수 있으랴.

歡喜心 기쁘고 기쁜 마음

似採藥人尋山蔘　심메마니가 산삼을 찾다
發見卽時見心呼　발견 즉시 心봤다, 소리 지르듯
修身行者終了得　수행자가 마침내 마음을 찾게 되면
何比耶許與採人　어찌 심메마니의 기쁨과 비교할 수
　　　　　　　　있겠는가.

本地風光 본지풍광

世世生生如如地	세세생생토록 변함없는 근본은
淸越獨尊無古今	홀로 뛰어나고 존귀함에 古今고금이 없다
目前歷歷明明得	눈앞에 분명하고 분명해서 확실히 체득할 수 있으니
君今立處卽本鄕	지금 머무는 그곳이 바로 그대 本鄕본향이로다.

不可說 설명할 수 없다

道不可傳不可受	도는 전할 수도 받을 수도 없다
方便妖說勿迷蒙	방편으로 한 말에 미혹되지 마라
兀然圓滿劫外歌	홀로 우뚝하고 완전한 겁 밖의 노래는
直接自悟自證得	직접 스스로 깨닫고 증득해야만 하리.

觀心 마음을 보라

肉眼凡人不知道	안목眼目이 없는 사림은 도를 알지 못하는 것은
因爲置重外邊物	바깥사물에 집착하기 때문이다
明珠靈寶潛藏裡	귀중하고 신령한 보석은 깊이 감추어져 있어
透看內心活眼開	마음을 사무쳐 보면 눈이 확 트이리.

本處 본래 자리

分別以前無分別	분별 이전에 분별 없고
善惡以前無善惡	선악 이전에 선악 없다
善惡分別無念處	분별선악 없는 곳에
諸法本領可獨露	존재의 본 자리 홀로 우뚝 하도다.

○相 원상

空王妙法誰能知	부처의 묘한 이치를 누가 능히 알리오
菩提無盡難思議	깨달음은 끝이 없어 불가사의 한데
或喩圓相如月印	혹 달도장(月印)과 같은 圓相을 깨우친다면
無問再三得密意	두 번 세 번 묻지 않고 비밀한 뜻 얻으리.

○覺 원각

人人各俱一圓相	사람 사람마다 갖추고 있는 일원상은
三際塵刹無差別	어느 곳 어느 때라도 변함이 없다
無頭與尾常放光	머리(시작)도 꼬리(끝)도 없이 항상 빛남에
徹見以後更無疑	한번 사무쳐 본 후론 의심치 않으리

○通 원통

言說不盡眞如性	언설로 다 할 수 없는 진여성품을
一箇○相傳福音	하나의 ○상으로 복음을 전했네
無始無終無中間	처음도 없고 끝도 없고 중간도 없으니
廻光一念當下通	한 순간 돌이키면 곧바로 통하리.

眞佛　진짜 부처

不要跪拜向木石	나무와 돌덩이에 엎드려 절하지 마라
腰膝磨耗得痛苦	허리와 무릎만 닳을 뿐이다
返照一念自圓成	한 생각 반조하여 스스로 깨달음을 이루면
君爲本來眞佛象	그대가 진짜 본래 불상이다.

一通 하나로 통함

一星之火能燒山	불씨 하나가 온 산을 태우듯
芥子佛性得明心	겨자씨만한 불성으로도 온 마음을 밝힌다
請勿了知一切覺	모든 것을 다 깨달으려 하지 마라
一通卽時一切通	하나만 뚫으면 모든 것이 다 통한다.

시인의 눈

언어로 존재의 집을 짓는 것이 시詩의 세계라면 침묵으로 존재의 집을 밝히는 곳이 선禪의 세계입니다. 이처럼 시와 선은 언어와 침묵이라는 서로 상반된 것으로 이루어진 세계입니다. 그래서 시처럼 언어로 사유한다는 것과 선처럼 침묵으로 사유한다는 것의 메울 수 없는 간극은 기차의 두 선로처럼 영원히 만날 수 없는 평행선처럼 보입니다. 그러나 이 만나 수 없는 평행선으로 말미암아 기차는 선로 위를 빠르고 안전하게 달려갈 수 있는 것입니다. 시의 언어와 선의 침묵의 세계도 그러합니다. 서로가 서로를 지탱할 수 있게 해주는 상호 의존적 존재인 것입니다.

그래서 평생을 말했음에도 한마디도 한 말이 없었다

는 언급과 침묵이 마치 뇌성벽력 같았다는 역설적인 말은 이를 두고 하는 말입니다. 이처럼 언어와 침묵은 보이지 않는 본체와 보이는 작용처럼 서로 표리表裏관계를 이루고 있을 뿐 아니라 안과 밖이 하나로 연결된 뫼비우스 띠처럼 서로 자유롭게 소통하고 있습니다. 그래서 언어로서 시詩는 곧 침묵의 선禪이 될 수 있고 침묵의 선은 곧 언어로서의 시가 될 수 있는 詩禪一如시선일여의 놀라운 세계가 열릴 수 있는 것입니다. 서로 정반대의 세계를 하나의 전체로 볼 수 있는 직관적 慧眼혜안을 가진 자가 바로 진정한 시인詩人이라고 저는 믿고 싶습니다.